François Joseph Herrgott

Notice sur le professeur Küss

Antigonos

François Joseph Herrgott

Notice sur le professeur Küss

Réimpression inchangée de l'édition originale de 1871.

1ère édition 2024 | ISBN: 978-3-38814-513-6

Antigonos Verlag est une marque de Outlook Verlagsgesellschaft mbH.

Verlag (Éditeur): Outlook Verlag GmbH, Zeilweg 44, 60439 Frankfurt, Deutschland, info@outlook-verlag.de
Vertretungsberechtigt (Représentant autorisé): E. Roepke, Zeilweg 44, 60439 Frankfurt, Deutschland
Druck (Imprimerie): Libri Plureos GmbH, Friedensallee 273, 22763 Hamburg, Deutschland

NOTICE

SUR

LE PROFESSEUR KÜSS

MAIRE DE STRASBOURG

REPRÉSENTANT DU BAS-RHIN

LUE A LA SÉANCE ANNUELLE DE LA SOCIÉTÉ DE MÉDECINE DE STRASBOURG
LE 6 JUILLET 1871

Par le docteur HERRGOTT

CHEVALIER DE LA LÉGION D'HONNEUR, CHEVALIER DE SAINT-GRÉGOIRE-LE-GRAND
OFFICIER D'ACADÉMIE, VICE-PRÉSIDENT DE LA SOCIÉTÉ, PROFESSEUR AGRÉGÉ A LA FACULTÉ DE MÉDECINE
MÉDECIN EN CHEF DE L'HÔPITAL CIVIL
MEMBRE CORRESPONDANT DE LA SOCIÉTÉ DE CHIRURGIE DE PARIS

STRASBOURG

IMPRIMERIE DE O. BERGER-LEVRAULT

1871

NOTICE

SUR

LE PROFESSEUR KÜSS

MAIRE DE STRASBOURG
REPRÉSENTANT DU BAS-RHIN

Parmi les obligations qui incombent aux sociétés savantes, il en est une d'une importance majeure qui consiste à évoquer devant elles ceux qui leur ont été ravis par la mort, en exposant avec justice et impartialité les acquisitions que la science doit à leur activité; à les saluer d'un dernier regard et à déposer ce *procès* dans leurs archives comme on dépose leurs images dans un lieu sacré; payant à la fois par cet hommage à une mémoire vénérée le tribut de notre gratitude et montrant à la génération qui survit des jalons pour la diriger dans le chemin ardu de la vie.

Cette œuvre, difficile et délicate toujours, l'est particulièrement quand il s'agit d'une individualité originale qui aimait à quitter les sentiers battus pour s'aventurer dans la voie de recherches nouvelles; qui, au début de sa vie scientifique, a annoncé qu'elle se proposait « d'attaquer[1] de front la croyance générale », et qui aimait à donner à l'expression de sa pensée une forme inusitée.

En acceptant de vous parler de Küss dans cette réunion, j'ai moins écouté mes forces que mon affection, et moins compté sur moi que sur votre affectueuse bienveillance dont les preuves nombreuses sont si douces à mon cœur.

Émile Küss naquit à Strasbourg le 1er février 1815. Il fit ses études au Gymnase et, à 18 ans, il les couronna par le diplôme de bachelier ès lettres, seul exigé en 1833 et encore quelques années après pour faire les études médicales, vers lesquelles il était porté par une prédilection toute spéciale. Nous ne savons quels furent les succès de l'élève au Gymnase, mais nous savons qu'il puisa dans cet établissement une instruction littéraire très-solide qui l'aurait rendu très-apte aux travaux de l'érudition, si une répulsion pour la littérature ancienne et une préférence marquée pour la littérature moderne et les travaux actuels n'avaient donné une autre direction à son esprit. Küss dessinait très-bien; nous conservons quelques dessins à la plume tracés à l'amphithéâtre, alors qu'il était élève, qui témoignent de la sûreté de sa main juvénile. Il aimait passionnément la musique, la recherchait avec le goût sévère d'un amateur sûr et délicat; il la cultivait aussi avec succès, chantait la partie de basse-taille dans la Société chorale, qui a fait entendre dans le temple, le jour de ses funérailles, de si tou-

---

1. *De la Vascularité et de l'Inflammation.* Strasbourg, chez Treuttel et Würtz, 1846. Préface, p. 6.

chants adieux. C'est avec ces dispositions à l'indépendance du passé, ces aspirations vers l'avenir, ces dons et ces goûts artistiques qu'il entra, en 1833, dans la vie sérieuse des études médicales.

Il trouva à la Faculté deux hommes qui lui témoignèrent une affection particulière, Lobstein et Ern. Al. Lauth; le premier, créateur de l'anatomie pathologique, dans tout l'éclat d'une renommée brillante, était, hélas! bien près de sa fin; le second, héritier d'un nom illustre, illustré déjà lui-même par des travaux personnels, était chef des travaux anatomiques et agrégé à la Faculté; il y représentait les tendances vers les découvertes récentes de l'Allemagne dans le domaine de l'anatomie et de la physiologie. C'est à ce maître qu'il s'attacha de préférence à tout autre; il se livra avec ardeur à l'étude de l'anatomie, dans laquelle il ne tarda pas à faire de grands progrès, si bien que, peu de temps après, il se présenta à un concours devant les médecins de l'hôpital civil pour une place d'interne surnuméraire, à la suite duquel il fut nommé; il devint interne titulaire en 1835.

A cette époque, son maître et protecteur Lauth fut prié par une des sommités scientifiques de Paris de lui envoyer un jeune homme habile à manier le scalpel et familiarisé avec la littérature allemande, pour l'assister dans des travaux qu'il avait entrepris et qui devaient lui ouvrir à quelque temps de là les portes de l'Institut. Le choix ne fut pas longtemps douteux; il proposa cette situation à Küss, qui l'accepta avec empressement; en effet, quoi de plus séduisant pour un jeune homme de vingt ans, aimant l'étude et les arts, que la perspective du séjour de Paris et l'association aux travaux d'un homme célèbre, pour arriver ainsi dans son orbite à la fortune et à la célébrité.

Il donna sa démission des fonctions d'interne et partit le cœur plein de joie et d'espérance. Une triste réalité fit évanouir rapidement ces rêves de sa confiante jeunesse. Au lieu d'un maître et d'un protecteur qu'il espérait, il trouva un homme qui n'avait qu'un but s'assimiler le plus complétement possible les travaux du jeune homme sans laisser à son nom la part la plus restreinte; Küss comprit bientôt que ni sa dignité, ni son intérêt ne pouvaient se prêter à une pareille exploitation; il rompit son engagement et revint à Strasbourg, n'ayant conservé de Paris et des savants qui s'y trouvaient qu'une idée fort pénible.

A cette époque s'étaient succédé dans la chaire de physiologie à Strasbourg deux maîtres fort distingués et d'un talent tout différent. Dans une première lutte pour la chaire de physiologie laissée vacante par Bérot, M. Goupil, jeune chirurgien militaire, doué d'une grande mémoire, d'un talent d'exposition très-remarquable, d'une dialectique très-dangereuse pour ses adversaires, l'avait emporté au concours sur le savant anatomo-physiologiste E. A. Lauth; son enseignement lucide et éloquent charmait les élèves. La mort de M. Fodéré, en 1835, rendit vacante la chaire de médecine légale, qui fut demandée et obtenue par Goupil; la chaire de physiologie, vacante de nouveau, fut obtenue enfin au concours par Lauth, qui l'occupait au retour de Küss. Son enseignement au courant de la science étrangère étonna les élèves par sa nouveauté et la richesse de ses documents; c'était toute une science nouvelle qui était enseignée et qui intéressa les élèves au plus haut degré.

Vers la même époque parut le *Manuel de physiologie*, de J. Müller, monument incomparable et unique depuis le livre de Haller, qui devait donner à la science biologique une direction toute nouvelle qui, heureusement, dure encore. Ce grand physiologiste, né sur les bords du Rhin, qui, sans la clairvoyance de son professeur, serait devenu un ouvrier sellier, qui, à 33 ans, avait déjà fait tant de travaux remarquables, fondé une école, et qui venait de codifier la physiologie dans deux volumes auxquels il avait donné le nom modeste de *Manuel*, avait, à l'aide du microscope, de l'anatomie et de la physiologie comparées, éclairé la physiologie d'un jour tout nouveau. L'anatomie microscopique, en effet, éclaire les phénomènes de la vie dans les éléments simples, montre que leur genèse, leur accroissement, leur multiplication et leur mort sont, comme phénomènes extérieurs, visibles, d'une simplicité extrême; l'anatomie comparée, montrant dans la diversité infinie des appareils organiques un plan unique, trouve dans la série des êtres pour chaque appareil des types simples. Ensemble, elles font sortir ce qui a trait aux phénomènes observables de la vie et aux appareils fonctionnels du domaine de l'hypothèse, pour le faire entrer dans celui de la réalité; leur effet pour la science est la simplicité et la clarté. Le charmant roman physiologique de Richerand et la lourde compilation d'Adelon furent bien vite délaissés par ceux qui savaient l'allemand pour le *Manuel* de J. Müller. Il fut un trait de lumière pour Küss, il me l'a dit bien souvent; désormais c'était dans cette voie qu'il allait travailler, car c'est là qu'il voyait l'avenir de la science. Il s'exerça sous la direction de Lauth aux recherches microscopiques, dans lesquelles il devait trouver une mine féconde d'arguments pour ce qu'il appelait la science nouvelle.

Les fonctions de prosecteur, qu'il emporta au concours en 1837, lui permirent de suivre cette voie et d'acquérir des titres et des connaissances pour la parcourir avec éclat.

Malheureusement mourut la même année son protecteur et son guide. Lauth avait à peine pris possession de sa chaire, fait une série de leçons, qu'il succomba épuisé par une affection pulmonaire qui le minait depuis longtemps; la perte pour Küss, pour la Faculté et pour la science fut immense. La chaire de physiologie fut emportée par M. Bouisson, après un brillant tournoi, mais occupée pendant un court espace de temps, puis emportée par M. Boyer, qui l'occupa jusqu'en 1846; ces deux professeurs, originaires de Montpellier et désirant y retourner, n'étaient montés dans la chaire de physiologie à Strasbourg que pour attendre l'occasion propice de rentrer à Montpellier.

En poursuivant ses études anatomiques, Küss fut frappé de voir les élèves les plus forts en anatomie descriptive avoir quelquefois une notion fort inexacte des rapports des organes entre eux; il essaya de les rendre sensibles par des coupes habilement faites et reproduites par le moulage. Il associa à ses recherches son ami, le docteur Robert, très-habile à manier le plâtre, et ensemble ils firent des préparations et des moulages dont quelques-uns, conservés dans nos amphithéâtres, font regretter que cette idée féconde et heureuse n'ait pas été mieux encouragée ni poursuivie avec plus d'ardeur.

Küss acheva ses études médicales le 31 août 1841, en soutenant une thèse qui n'était pas un travail de son choix, mais une dissertation imposée par le règlement d'alors, qui consistait à traiter quatre questions tirées au sort; celui-ci attribua au futur professeur de physiologie trois questions sur quatre sur des matières qui durent devenir plus tard celles de son enseignement.

Écrite à la hâte pour terminer avant les vacances, cette dissertation ne fait que peu pressentir la valeur de l'auteur, qui satisfait purement et simplement aux exigences d'un règlement que l'expérience a condamné. Toutefois, dans la deuxième question qui était posée ainsi: «Déterminer si le système veineux est absorbant, lors même qu'il existe des lymphatiques», on trouve des recherches originales exposées avec beaucoup de verve, et une attaque vive des opinions ayant cours.

En 1843, Küss fut nommé chef des travaux anatomiques, et, en 1844, le ministre mit au concours deux places d'agrégés, l'une en médecine, l'autre en chirurgie. La première fut emportée par mon bien regretté ami Joyeux, la seconde par Küss. Aucun concurrent ne s'était présenté avec eux dans la lice. A cette occasion, Küss eut à traiter, comme sujet de thèse: *De l'Emploi des caustiques en chirurgie*. Dans ce travail entrepris pour entrer dans une voie qui n'était pas la sienne, qu'il ne devait pas suivre plus tard et qui l'entraînait dans des régions de la science que les recherches de l'amphithéâtre devaient avoir peu éclairées, on trouve toutefois, pour le fond, une connaissance étendue de la littérature allemande, mais surtout une forme originale d'exposition, riche en images, qui devait rendre son enseignement futur si attrayant pour la jeunesse; nous en citerons un exemple:

«On ne saurait méconnaître, dit-il (p. 6), dans l'ensemble des «symptômes provoqués par l'application d'un caustique, ou

« plutôt d'un irritant, les efforts que fait l'organe attaqué pour
« défendre son intégrité et pour éloigner l'ennemi. S'agit-il
« d'un organe sécréteur? les sucs affluent, inondent la surface
« en danger, l'agent destructeur est enveloppé, son activité est
« émoussée en s'épuisant sur des matières organiques qui déjà
« ne font plus partie de l'organisme et dont le sacrifice était
« décidé à l'avance.»

Qui n'admire l'imagination de l'auteur mettant en œuvre les
cellules et les épithéliums alarmés dans cette défense savante
de leur intégrité, dans ce plan tracé d'avance par eux, qui
consiste à sacrifier une partie pour sauver le tout? Si nous
avons donné ce spécimen de description, c'est pour montrer
la manière d'exposer de l'auteur, qui prend le fond dans l'observation anatomique attentive et minutieuse et qui le manie
avec la fertile imagination du poëte, qualités essentielles pour
intéresser et charmer un auditoire impressionnable, mais qui
toutefois n'est pas quelquefois peut-être sans danger, comme
nous le verrons plus loin.

Dans ces doubles fonctions, Küss trouvait de nombreuses
occasions de travail; libre de tout engagement, il pouvait se
mouvoir à l'aise sur un terrain propice où son activité allait
devenir féconde. Aussi peut-on dater de cette époque des travaux qui, dans un temps très-court, furent si importants
qu'on en espérait une longue série, espérances qui, malheureusement, ne furent pas réalisées. Il prend part, comme anatomiste micrographe, à un travail de longue haleine entrepris
par M. le professeur Sédillot sur le cancer[1]. Toutes les ana-

---

1. *Gaz. méd. de Strasb.*, 1845, p. 167; 1846, p. 85, 249, 363, 381.

lyses micrographiques et les dessins de ce mémoire sont de Küss.

L'année 1846 surtout fut fertile. Küss communiqua à la Société de médecine, le 5 février, une notice sur l'épithélium de l'intestin[1], le 7 mai, son travail sur la vascularité et l'inflammation[2]. Le 8 août, il publia sa thèse du concours pour la chaire de physiologie, intitulée : *Appréciation générale des progrès de la physiologie depuis Bichat*[3], à la suite duquel il fut nommé professeur.

Reprenons ces écrits et ces événements.

Le microscope produit chez ceux qui l'interrogent un véritable enthousiasme, excite l'imagination, et fait naître des espérances qui ne se réalisent pas toujours; ce qu'il donne de documents est à la fois si important et si éblouissant, qu'on comprend facilement, chez ceux qui font des recherches, l'enthousiasme et le vertige, et aussi, chez ceux qui ne l'interrogent pas ou l'interrogent mal, comme réaction contre ces sentiments, le scepticisme et le dédain.

Quand Lœuwenhoek publia ses travaux, il ne lui fallut, pour les signaler, rien moins que le titre pompeux de *Arcana naturæ detecta*[4], qui n'empêcha pas un dédain de près d'un siècle pour ce précieux moyen d'investigation qui avait cependant révélé tant de merveilles et permis à l'auteur de montrer à Pierre le Grand la circulation du sang dans la queue

---

1. *Gaz. méd. de Strasb.*, 1846, p. 53.
2. *Ibid.*, 1846, p. 212.
3. In-4°, 57 pages.
4. Delft, 1695, in-4°.

d'une anguille, alors qu'il se trouvait encore des médecins disposés à se ranger avec Th. Diafoirus contre les *circulateurs!*[1]

Nous avons eu l'honneur de dire devant vous, dans une circonstance analogue à celle-ci[2], que Strasbourg avait, la première, suivi la nouvelle école dans les investigations ouvertes par le microscope qui, cette fois du moins, ne devront plus conduire aux illusions ni aux dédains. Le professeur Sédillot, que nous trouvons toujours ardent aux découvertes, voulut faire servir l'immense champ d'observation de la clinique à la solution du diagnostic et du traitement du cancer, cette affection si cruelle qui, avec les infections chirurgicales, rend si souvent stériles les tentatives de l'art. Il associa Küss à ses travaux, et si la solution définitive du problème n'a pas été le résultat de cette association si heureuse de la clinique et de la micrographie, il ne faut en accuser que la difficulté d'une pareille œuvre qui, aujourd'hui même, malgré d'immenses recherches, n'est pas encore accomplie.

Ce qui a été fait en 1845-1846, dans ces recherches si consciencieuses, n'a pas été stérile; loin de là, toute observation exacte consignée dans les annales de la science lui est profitable et concourt à son édification comme les matériaux alimentaires concourent à la nutrition du corps; des éléments sont assimilés, d'autres sont rejetés; ainsi s'entretient la vie, dans la science comme dans l'organisme, par une incessante transmutation.

La notice sur l'épithélium de l'intestin contient une étude

---

1. *Le Malade imaginaire,* acte II; sc. VI.
2. 5 juillet 1866. *Notice sur le docteur Lereboullet.*

de sa structure et de ses fonctions chez l'homme. La physiologie avait accordé aux vaisseaux absorbants le rôle actif dans la digestion. Mais quand l'anatomiste vint vérifier l'exactitude de cette proposition, au lieu de bouches béantes au sommet de villosités intestinales, il trouva celles-ci revêtues partout d'une couche épithéliale continue; par où passait donc la substance assimilable ?

Reichert, en étudiant la muqueuse intestinale chez le têtard de la grenouille qui est très-vorace, fut frappé de ne point trouver de villosités intestinales, mais un épithélium très-développé appliqué directement sur la tunique charnue; lui seul pouvait accomplir l'assimilation des matériaux de nutrition et d'accroissement. Cette induction fut reconnue exacte par l'étude de l'épithélium sur l'intestin vide et sur l'intestin rempli d'aliments.

Ce point de départ donné, Küss trouva chez l'homme les mêmes dispositions anatomiques et les mêmes modifications, observées dans l'état de plénitude et de vacuité; il en conclut que c'est l'épithélium qui est l'organe essentiel de la digestion, qu'il ne constitue pas, comme on l'avait cru, un revêtement épidermique protecteur et un organe de sécrétion de mucus, mais bien un organe d'absorption et surtout d'élaboration chymeuse. « La cellule épithéliale ne se borne pas, dit-il[1], à extraire de la masse chymeuse, et, par une espèce d'attraction, des matières nutritives qui s'y trouveraient toutes formées. Tout prouve, au contraire, que le petit organisme en question jouit, en outre, de la propriété métabolique, comme disent

---

1. *Gaz. méd. de Strasb.*, 1846, p. 41.

les physiologistes allemands, c'est-à-dire qu'il fait subir aux substances dont il s'imbibe des transformations assez importantes pour en faire des matières nouvelles;... c'est une loi de physiologie générale.»

Le rôle de l'épithélium dans toute l'économie était un sujet sur lequel il aimait arrêter sa pensée; il le trouvait différent, selon les lieux; dans le tube digestif il était organe essentiel d'absorption et de transformation; dans la vessie il constituait un revêtement défensif contre toute absorption. Cette doctrine a inspiré les expériences si curieuses de Susini, qu'il a consignées dans sa thèse inaugurale. L'épithélium est vraiment vivant, car il ne conserve ses fonctions que tant qu'il est vivant; quand il est mort, il cesse d'absorber, de se transformer ou d'empêcher l'imbibition. De curieuses expériences faites il y a un certain nombre d'années démontraient ces propositions.

Ces idées sur la structure et les fonctions de ces éléments, objet de ses prédilections, se fortifièrent dans la suite, comme nous le verrons, jusqu'à arriver à des propositions qui parurent paradoxales, ce qui ne l'effrayait nullement. Il est incontestable que ce court mémoire, dans lequel nous devons signaler une description admirablement faite de la muqueuse intestinale, constituait pour la physiologie un véritable progrès.

Peu de semaines après, comme nous l'avons dit, parut son travail de physiologie pathologique, intitulé: *De la Vascularité et de l'Inflammation*[1], brochure de 46 pages avec 10 pages de notes, seul écrit qui, en dehors des thèses, ait été pu-

---

1. Ouvrage cité.

blié séparément. Dans ce travail, qui a mérité à l'auteur le titre de *Précurseur de la théorie cellulaire*, il attaque vigoureusement et réfute une partie des idées qu'on se faisait de l'inflammation.

« Les observateurs, dit-il (p. 16), ont mal saisi la nature des phénomènes inflammatoires en exagérant le rôle de la circulation, et cela parce qu'ils lui accordent une influence trop générale et trop directe sur les actes nutritifs. Ce n'est pas le sang qui est l'aliment immédiat de la nutrition, c'est le suc qui remplit toutes les parties vivantes qui remplit ce rôle; les organes de la circulation ne sont qu'un appareil perfectionné et complémentaire attaché à certains tissus, absent dans d'autres, qui n'a rien d'essentiel, dont les fonctions peuvent se résumer en deux mots : maintenir l'équilibre de composition et de distribution du suc nourricier inhérent aux organes et celui de la chaleur animale. »

On ne peut parler d'une manière plus élevée de ces fonctions intimes; s'il avait été dans son plan de traiter ce sujet spécialement, il se serait adressé à l'anatomie et à la physiologie comparées pour y trouver un appui, car, pour lui, certaines parties élémentaïres de nous-mêmes n'ont point d'autres conditions d'accroissement et de multiplication que les êtres inférieurs du règne animal.

Après ces préliminaires il étudie l'inflammation dans les tissus simples, où le phénomène est simple aussi, puis il l'examine dans l'épithélium et étudie la formation du pus et la résolution de l'inflammation; muni de ces données simples, il étudie ce travail pathologique dans les tissus complexes et formule les conclusions suivantes :

I. L'inflammation est un trouble de la nutrition qui peut apparaître dans tout organe qui vit et se nourrit.

II. Au point de vue anatomique (organique), l'inflammation consiste en un double phénomène: disparition du tissu normal, organisation du plasma en tissu inflammatoire.

III. Le tissu inflammatoire est partout identique et, si rien n'entrave son développement, il traverse les phases suivantes: blastème amorphe, liquide et solide, globule inflammatoire, fibre conjonctive (inodulaire).

IV. La suppuration est la nécrose du tissu inflammatoire; le globule du pus est le cadavre du globule inflammatoire.

La discussion à laquelle ce travail donna lieu fut vive dans la Société de médecine, le procès-verbal conservé dans la *Gazette*[1] n'en porte qu'un reflet fort atténué; toujours est-il que deux choses demeurèrent établies :

1° Le rôle secondaire des vaisseaux dans l'inflammation, la vascularité nouvelle devant être regardée comme conséquence et non comme cause des phénomènes;

2° La formation de cellules aux dépens du blastème et son analogie avec celui destiné à former le fœtus; ce qui rapproche ce travail du mode suivant lequel un travail normal s'accomplit dans l'économie.

Si alors Küss y avait découvert des cellules au lieu des granulations, il aurait pu revendiquer pour l'inflammation la paternité directe de la théorie cellulaire; mais le temps n'était pas venu encore pour permettre de formuler des lois aussi générales, c'est un honneur d'avoir contribué à les préparer.

---

1. 1846, p. 214.

Quant aux affirmations douteuses de ces conclusions que le temps devait détruire à son tour, qui ne les voit sans qu'il soit besoin de les indiquer? Dans les sciences naturelles comme dans toutes les manifestations de l'activité humaine, le perfectionnement suit une marche harmonique et successive dans laquelle chaque chose, si elle doit être féconde, vient à son temps; les choses qui ne sont pas destinées à vivre sont rejetées quand celles qui doivent les remplacer sont prêtes à fonctionner; ce développement harmonique qui peut produire les plus étranges transformations d'un même être, porte le nom d'*évolution*; tandis que la marche qui exige le sacrifice de ce qui est avant que ce qui doit le remplacer ne soit prêt à entrer en fonctions porte le nom de *révolution*.

En histoire naturelle comme en politique, le premier mode seul nous paraît heureux; le second, apte surtout pour la destruction, entraîne dans l'abîme des choses qu'il eût été bon de conserver et qui eussent à peu de frais pu être amenées à une idéale perfection. Il condamne la science et la société à un labeur douloureux qui ne peut s'accomplir qu'à travers les passions et les ruines. Dieu me garde de m'aventurer sur un terrain si glissant, mais en présence de la préface de ce mémoire qui parle de « brûler ce qu'on a adoré », j'ai cru devoir faire quelques réserves, et indiquer la marche que la science me paraît devoir suivre pour arriver au progrès.

Pendant que Küss se traçait sa voie d'une manière si laborieuse et si honorable, la chaire de physiologie de la Faculté de médecine devint de nouveau vacante par la nomination de M. Boyer à Montpellier. M. le professeur Boyer n'attendait que l'occasion de suivre dans sa ville natale son prédécesseur et son collègue Bouisson; le professeur de physiologie de Strasbourg étonna les juges de Montpellier par l'étendue de ses connaissances en pathologie chirurgicale, comme il avait étonné quelques années auparavant les juges de Strasbourg par l'étendue de ses connaissances en physiologie. Sur la proposition de M. le doyen Coze, Küss fut chargé pendant le semestre d'été du cours de physiologie, et le concours pour la chaire vacante s'ouvrit le 1er juillet. Cinq candidats y prirent part : *Lereboullet*, professeur à la Faculté des sciences; *Scrive*, chirurgien-major, professeur de pathologie externe et de médecine opératoire à l'hôpital militaire d'instruction de Lille; *Michel*, docteur en médecine à Besançon; *Strohl*, agrégé à la Faculté de médecine, et *Küss*, agrégé et chef des travaux anatomiques.

Les noms de ces concurrents disent assez ce que dut être cette lutte et quel mérite il y a eu à en sortir vainqueur : Küss, âgé de 31 ans, « étonna, selon le dire de M. le doyen Stoltz[1], les juges et le public par l'étendue de son savoir, la facilité et la clarté de l'exposition »; il fut nommé par cinq voix contre deux données à Lereboullet. La seule chose qui reste de lui de ce tournoi scientifique est sa thèse, qui est aussi son dernier écrit. Elle fut soutenue le 8 août 1846; elle est intitulée : *Appréciation générale des progrès de la physiologie depuis Bichat*. Aucun sujet ne se prêtait mieux à un exposé des doctrines; c'est un motif de plus pour y jeter un coup d'œil, afin d'y trouver quelques propositions fondamentales des idées de Küss sur la physiologie.

––––––––––

1. Discours prononcé sur sa tombe.

Cet écrit, de 57 pages, est divisé en quatre chapitres.

Le premier expose la physiologie de Bichat; c'est le point de départ nécessaire.

Le second examine les causes générales des progrès de la physiologie depuis Bichat.

« C'est au microscope, dit-il (p. 12), que la science de la vie est redevable de conquêtes et de vérités qui simplifient l'histoire entière des actes nutritifs, qui établissent un lien naturel, depuis longtemps soupçonné, entre les différents actes de l'absorption des sécrétions, les changements intimes des organes et le développement des êtres.... Les découvertes de Schleiden et de Schwann ont fait du microscope un moyen physiologique plutôt qu'anatomique.... La forme élémentaire est ce qu'on appelle cellule, — en elle s'est réfugié le problème de la vie.... C'est sur elle que devra se concentrer l'attention de ceux qui se sont imposé la tâche de scruter les mystères de l'organisme. — Dans l'accomplissement des actes vitaux, la nature accorde peu d'importance aux masses, à la forme extérieure des êtres. Tous les soins, elle les conserve aux éléments (cellules); en elles réside le mystère de la vie, tout le reste disparaît, la membrane, la fibre, le canal. — Les fibres se nourrissent-elles? je ne connais aucun fait qui l'établisse (p. 50). Les organes fibreux proprement dits, les tendons, les ligaments, les aponévroses, le tissu conjonctif, le tissu jaune, une fois formés, n'offrent plus aucun changement de volume et manquent même de vaisseaux (p. 50).

« C'est l'épithélium qui joue le rôle important dans l'absorption (p. 42). L'histoire des propriétés vitales de l'épithélium est entièrement à refaire. »

Le troisième chapitre expose les progrès de la physiologie générale par la physique, la chimie, l'étude des propriétés vitales (modifications du globule et des épithéliums du globule nerveux).

Enfin le quatrième chapitre étudie les fonctions et leurs connexions.

Quand je dirai que tout le travail, dont je n'ai point donné une analyse, mais dont je n'ai extrait que quelques propositions, est écrit avec verve et conviction, que le style en est imagé et vivant, je n'étonnerai personne.

C'était là son programme; l'étude de la cellule au moyen du microscope devait rester l'objectif principal de son enseignement, dans lequel il voulait arriver par la généralisation à la simplicité. Une ère vraiment heureuse s'ouvrait devant Küss; à son âge il avait devant lui tout l'avenir avec ses lointaines perspectives, comme stimulant et comme moyen un enseignement et tout ce que cette situation mettait de moyens d'instruction à sa disposition. Aussi, quelle ardeur dans le travail, dans la préparation de ses leçons, dans les expériences sur les animaux, dans ce petit cabinet du chef des travaux, alors relégué dans un si étroit espace! Quelle activité sur ce porte-objet de son cher microscope! mais aussi quel succès dans l'enseignement, quelle ardeur chez les élèves à suivre ces leçons si originales par le fond et si attrayantes par la forme, qui contrastaient si fort avec ce que les livres et les cours enseignaient! C'était le beau temps de son existence scientifique, ce moment suprême dans la vie qu'on ne revoit plus et qu'on regrette toujours!

Un événement imprévu vint arrêter cet élan. Une révolution

avait éclaté subitement, le professeur aimé fut conduit en prison et dut comparaître devant les assises.

L'activité de Küss n'embrassait pas seulement les objets qui se rapportaient aux études médicales; il avait une âme patriotique qui aspirait au bonheur du peuple et par lui à la grandeur de la patrie, ses convictions politiques lui faisaient voir la république comme la forme de gouvernement la plus juste et la plus apte à réaliser ces aspirations; il avait groupé autour de lui un certain nombre de jeunes gens qui, partageant ses opinions, furent bientôt liés d'une amitié étroite, car *Idem velle atque idem nolle, ea demum firma amicitia est*[1].

A cette époque, cette forme idéale n'était entrevue que dans le lointain; on l'attendait avec patience et confiance, comme un résultat des progrès de la civilisation; mais la Révolution qui proclama subitement la République en 1848 semblait imposer à ceux qui avaient ces convictions, plus qu'à tous les autres citoyens, le devoir de la soutenir et de la fortifier.

Küss n'eut garde de transiger avec ce que ses convictions lui indiquaient comme un devoir strict. Dans ce gouvernement de tous par tous, il se mit hardiment dans la mêlée. Il fut porté par les suffrages de ses concitoyens au conseil de la ville, à celui du département et à la tête d'une compagnie de la garde nationale. Il lui parut nécessaire, avant toutes choses, d'éduquer le peuple qui venait d'être émancipé d'une manière si inattendue; nous ne savons s'il prit part comme orateur aux réunions populaires de cette époque, mais il crut que le moyen le plus actif et le plus sûr d'instruire le peuple

---

1. Salluste, *Catilina*, XX.

était de lui faire un journal approprié à ses goûts et à son instruction. Il fonda avec quelques amis une édition hebdomadaire, en langue allemande, du journal intitulé : *le Démocrate du Rhin*, dont il accepta la gérance responsable. Le premier numéro, qui porte la date du 3 janvier 1849, contient, sous le titre : *Qu'est-ce qu'un démocrate*[1] ? une exposition sommaire de principes, écrite par Küss, dans laquelle il dit : « que le bien du peuple ne peut résulter que de l'*égalité*.... non de celle qui conduit au communisme, qui est le néant, mais de l'égalité qui assure à chacun les mêmes droits politiques ; le démocrate ne demande pas de droits plus étendus que le plus humble des citoyens, etc. »

Nous faisons cette citation, puisque le journal a été accusé de socialisme ; il paraît que ce n'était pas sans motif, puisque, le 20 juin 1851, Küss se sépara du journal en en publiant un autre, intitulé : *République populaire du Bas-Rhin*[2]. Dans le premier numéro Küss publie, sous le pseudonyme d'Albert Decker, un manifeste intitulé : *Qui nous sommes !* dans lequel il dit qu'il s'est séparé du *Démocrate*, « puisqu'il se meurt de socialisme ».

Quand on s'aventure sur le terrain mouvant de la politique, qu'on est engagé dans les luttes ardentes et passionnées qu'on y trouve, il est fort difficile de poser des limites exactes à son intervention ; le combat entraîne et on est fort étonné, quand on fait un retour sur soi-même, de voir où l'on a été conduit par la mêlée.

---

1. *Was ist ein Demokrat ?*

2. *Niederrheinische Volksrepublik.*

Qui ne connaît ou ne se rappelle les anxiétés patriotiques qu'avait inspirées aux républicains la faute d'avoir confié la présidence de la République à un prétendant dont les aspirations au trône s'étaient par deux fois manifestées d'une manière si imprudente et si malheureuse? Faut-il s'étonner des alarmes des républicains à chaque événement qui pouvait faire craindre une usurpation? Ces occasions, malheureusement, ne furent pas rares dans ces temps si agités. Le 13 juin, le *Démocrate du Rhin* déclara la patrie en danger; le 14, Küss se rendit chez le préfet pour avoir des nouvelles de ce qui se passait à Paris; les républicains avaient observé des mouvements télégraphiques si expressifs qu'il leur semblait que quelque chose de grave avait dû être arrivé. Le mutisme du magistrat augmente la défiance, ils se rendent auprès du général, demandent des armes et des cartouches pour la garde nationale et l'occupation par celle-ci de la citadelle de moitié avec l'armée. Ces agitations avaient déterminé l'autorité à convoquer la garde nationale; Küss, en sortant de la mairie, rencontre le tambour battant le rappel, il lui ordonne (il était en uniforme) de battre la générale; en peu de temps on est sur pied et on attend.... Rien de bien sérieux à Paris n'avait motivé ces craintes. L'autorité, surprise, crut à un complot de la part de Küss et de ses amis; elle le fit arrêter avec eux et conduire à la maison d'arrêt. Le *Démocrate du Rhin* du 27 juin, qui apprend cette arrestation, dit que Küss se trouve dans le bâtiment et la cellule où se trouvait, treize ans auparavant, le président actuel de la République, alors qu'en 1836 il avait voulu se faire proclamer empereur; qu'il est arrêté avec six de ses amis sous l'inculpation d'attentat contre la sûreté de l'État et le gouvernement établi et d'excitation à la guerre civile.

Les confrères et collègues de Küss allèrent le visiter en prison, aussitôt que l'instruction le permit; j'eus aussi le chagrin de le voir sous les verrous. Je le trouvai parfaitement calme et confiant dans l'avenir. Le doyen Coze obtint du ministre de l'instruction publique la continuation de son traitement de professeur qu'il avait été question de suspendre.

La chambre des mises en accusation le renvoya devant la cour d'assises; mais des lenteurs causées par un règlement de juges ne permirent sa comparution devant le jury de la Moselle que le 19 octobre.

Les débats durèrent cinq jours. Il eut pour défenseur J. Favre. Le jury ne resta que trois quarts d'heure en délibération pour répondre à plus de 150 questions. Il rapporta un verdict négatif sur toutes. Küss et ses amis furent acquittés. La démocratie de Metz leur fit, ainsi qu'à leur éloquent défenseur, une ovation.

Küss rentra dans ses foyers et reprit sa vie militante; ce qu'il avait craint alors ne devait se réaliser que le 2 décembre 1851. On connaît les détails de ce triste événement, qui inaugura par le parjure une ère nouvelle qui devait avoir pour la patrie de si cruelles et de si désastreuses conséquences.

Son second journal fut supprimé avec toutes les manifestations de la vie publique; Küss renonça à ses fonctions publiques, incompatibles avec ses principes politiques.

Pendant ces événements Küss s'était marié, et la Faculté lui avait attribué un service nosocomial, ainsi qu'à la plupart de ses autres collègues. Il fut chargé, avec l'un d'eux, de la clinique des maladies cutanées et syphilitiques.

Ce nouvel enseignement fut l'occasion ou plutôt la cause d'observations sur la nature et le traitement des affections vénériennes, qu'il communiqua à la Société de médecine; ces idées, émises dans son enseignement, furent reproduites dans un certain nombre de thèses.

Küss divise les phénomènes syphilitiques en deux classes, selon le siége des manifestations morbides. Tantôt ce sont les éléments épithéliaux qui sont malades: chancres, affections cutanées, affections des muqueuses; tantôt c'est le tissu conjonctif et tous les tissus qui en dérivent: os, périoste, tissu connectif viscéral, etc. Les premières affections sont guérissables par le mercure, qui a une action directe sur ces éléments; les secondes le sont par l'iodure de potassium. Quant au mode d'administration du modificateur thérapeutique, il doit être donné à dose croissante et soutenue, de manière à produire des manifestations toxiques et, pour que l'impression soit durable, être maintenu à cette dose pendant assez longtemps.

La distinction anatomique qui entraîne la préférence d'un médicament sur l'autre a été attaquée par plusieurs membres de la Société; je suis du nombre de ces derniers; je persiste à penser que cette base n'est pas solide et ne conduit pas au meilleur traitement; quant à la seconde proposition, elle est incontestablement vraie, et elle dirige la thérapeutique dans une voie féconde.

Küss avait, sur la nature et le traitement du choléra, des idées personnelles que peu de confrères partageaient. Dans la discussion sur le choléra, ouverte devant la Société de médecine, en 1866[1], il déclare qu'il regarde le choléra comme consistant essentiellement dans une perte d'eau subie dans un temps très-court, qu'il ne croit pas à la contagion du choléra, que la peur est la seule cause de cette maladie; ces opinions furent vivement combattues.

Küss ne faisait à la Société de médecine que de très-rares communications, nous n'en trouvons plus qu'une outre celles que nous avons mentionnées; elle lui fut imposée par les fonctions de rapporteur d'une commission.

La Société de médecine de Strasbourg avait, dans sa séance du 3 mars 1854, mis au concours, pour un prix de 300 fr., la question suivante : « Faire l'histoire anatomo-pathologique des tubercules en eux-mêmes, en s'aidant de tous les moyens d'investigation modernes. »

Küss trouva dans ses fonctions de rapporteur l'occasion de faire connaître à la Société ses idées sur ce produit patholo-gique[2], idées qu'il avait en partie communiquées à la Société d'histoire naturelle en 1847[3]. « Le tubercule pulmonaire, dit-il, n'est que l'épithélium pulmonaire malade ou mort; il n'est pas un produit hétéromorphe, mais le résultat de la désorganisation d'un élément normal. Quand il est transparent, il constitue le tubercule gris, il comprime, use et fait disparaître le squelette des poumons; quand le globule meurt, se momifie et se ratatine, il devient opaque, c'est le tubercule cru; enfin il se ramollit ou devient crétacé. » Les recherches de Villemin ne

---

1. *Gaz. méd. de Strasb.*, 1866, p. 56.

2. *Ibid.*, 1855, p. 277.

3. *Ibid.*, 1847, p. 249.

devaient pas confirmer ces idées si séduisantes par leur simplicité.

Küss ne prenait presque jamais la parole, quoiqu'il fût très-assidu aux séances et très-attentif à ce qui s'y passait. Pourquoi cette réserve extrême? Nous ne pouvons l'expliquer que par l'éloignement qu'il avait pour la discussion et la contradiction qui, dans les derniers temps, où la maladie l'avait rendu plus impressionnable, lui étaient pénibles, et elles devaient se produire par des idées qui n'étaient pas celles de tout le monde.

Les charges de la famille avaient imposé à Küss l'obligation de trouver dans la clientèle des ressources que la chaire qu'il occupait ne lui donnait pas suffisantes.

Il est fort regrettable que ce chercheur ait été distrait, par ses devoirs de père de famille, de ses occupations de science pure et qu'il ait dû délaisser son laboratoire pour la pratique. L'humanité souffrante a retiré un grand profit de son assistance assidue, bienveillante et éclairée; mais d'autres que lui eussent pu rendre ces services, tandis que lui, mieux que d'autres, était apte à interroger la nature et à lui arracher ses secrets. Une meilleure organisation de l'enseignement eût pu réparer cela; ces circonstances ont eu pour effet de ne plus enrichir son enseignement du fruit d'expériences sur les animaux ni de recherches personnelles.

Il tenait un registre exact des faits de sa clinique spéciale, mais ces documents avaient un caractère privé, il n'a été tiré de ces matériaux d'autres conséquences que celles que nous avons mentionnées plus haut.

Son double enseignement était fort suivi et fort goûté par

les élèves; il a inspiré un grand nombre de dissertations qui prouvent l'ascendant qu'il exerçait.

Quand la guerre éclata subitement, il en fut profondément attristé; très au courant de ce qui se faisait en Allemagne, de l'esprit d'hostilité et de conquête qu'on y avait excité par une action directe sur la presse et tous les moyens d'influence possibles; de cette habileté dans la préparation d'une guerre plus désirée que redoutée par l'Allemagne, il déplora la coupable légèreté du gouvernement français qui entraînait dans cette lutte, dans ce piége, la nation désarmée, trop confiante en ses chefs et en sa valeur.

Le moment n'est pas venu de juger ces événements, ce jugement, d'ailleurs, ne saurait nous appartenir; mais, quand la sévère histoire les aura interrogés, elle les qualifiera ainsi que les hommes qui y ont été mêlés. Nous nous inclinons avec une pleine confiance devant son jugement et nous recueillons pieusement ses enseignements si pleins d'espérance!

La suite, qui ne la connaît, qui ne là déplore! Küss resta à son poste pendant ces jours d'anxiété et de douleur. Le 29 août, il fut nommé membre de la commission municipale remplaçant le conseil municipal dissous; la tâche de l'autorité municipale croissait avec la gravité des événements.

Quand les généreux habitants de la Suisse pénétrèrent dans Strasbourg, le 11 septembre, et nous apprirent le désastre de Sedan, la chute de l'Empire et la proclamation de la République, le maire et les adjoints donnèrent leurs démissions. La commission municipale confia les fonctions de maire à Küss. On ne pouvait imposer au patriotisme un plus pesant fardeau dans de plus sinistres circonstances. Il ne put refuser son assistance à la France, à la cité et à la République si malheureuses !

A la reddition de la place commencèrent de nouvelles et plus douloureuses fonctions. A dater de ce moment, il eut à protéger, contre les exigences sans cesse croissantes de l'ennemi, la ville et ses deniers péniblement et parcimonieusement amassés par la prévoyance paternelle de l'administration précédente, en vue de constructions nouvelles et d'améliorations importantes. Ce qu'il eut à souffrir, dans ces conjonctures cruelles, quand il dut livrer aux prodigalités de la guerre ces précieuses épargnes de la paix, on peut le deviner. Plus d'une fois il sentit son courage faiblir, et qui s'en étonne ! Toutefois il resta à son poste, puisqu'il pensait pouvoir être utile à ses concitoyens et les préserver de malheurs plus grands encore.

Malgré les fatigues de ses fonctions, il crut de son devoir de reprendre son enseignement à la Faculté. Il fit son cours de physiologie avec son exactitude habituelle. Peut-être cherchait-il dans ces méditations sur la science une salutaire diversion aux amers soucis dont il était abréuvé par l'administration et la politique.

En peu de semaines il avait vieilli de dix ans; sa santé, menacée depuis quelques années, en ressentit un contre-coup funeste. Les électeurs du Bas-Rhin, manifestant pour la dernière fois leur volonté dans le gouvernement de la France, l'envoyèrent à Bordeaux. Il sortit le premier de la liste avec plus de 100,000 suffrages. En apprenant ce résultat, il dit : — « J'irai à Bordeaux, puisqu'on le veut; ma mission n'aura point de résultat, car la France acceptera les fatales conditions, mais moi, je ne reviendrai plus ! » — Fidèle à son devoir, il partit, déjà malade, pendant ce mois de février si inclément, si rigoureux. Arrivé à Bordeaux, son état prit subitement une gravité extrême ; il put, toutefois, prendre part aux délibérations de ses collègues et signer, de sa main défaillante, cette suprême protestation du droit contre la force. Il succomba le 1er mars, le jour où l'Assemblée accepta les fatales conditions de notre séparation d'avec la mère-patrie.

Sa mort fut un deuil pour la cité, pour la patrie. L'ardent chef des défenseurs de l'intégrité du territoire, député du Bas-Rhin, fit entendre, à Bordeaux, sa voix éloquente, en présence du cercueil de Küss. Celui-ci fut amené à Strasbourg, reçut, à travers la France, les marques de sympathie et de respect, et, à Strasbourg, les honneurs que vous savez et dont vous êtes fiers comme confrères de ce vertueux citoyen.

En achevant de tracer la vie de son beau-père Agricola, ce civilisateur de la Grande-Bretagne, Tacite dit ces paroles « *Tu vero felix Agricola, non vitæ tantum claritate, sed etiam opportunitate mortis.* » Ne semblent-elles pas aussi avoir été écrites pour Küss ? Agricola n'a pas vu les derniers excès du règne abhorré de Domitien ; il est mort avant l'abaissement complet de sa patrie sous la tyrannie de ce monstre. Küss également n'a pas vu les conséquences extrêmes de ce régime corrompu dont les émanations ont produit une si funeste anesthésie pendant laquelle ont été dépouillés de leur virilité les chefs qui se sont réveillés impuissants au jour du combat. Il a succombé le jour où, malgré l'éloquente protestation de Keller et de tous ses collègues, l'Assemblée sanctionnait par son vote le suprême et douloureux sacrifice de la nationalité française de l'Alsace. Il n'a pu voir, dans leur triste réalité, les conséquences affreuses de cette iniquité, ni éprouver la douleur amère de la dénationalisation. Il lui a été épargné encore de voir la patrie en proie à d'horribles convulsions, la capitale incendiée, ses habitants massacrés par des barbares qui s'intitulent les amis du peuple. Il n'a point vu le démembrement et la dispersion de la Faculté, sa seconde famille.

Le jour que sa mort a jeté sur la vie laborieuse et utile qu'il avait cachée, nous permet de voir comment, après l'avoir consacrée à la science et à l'humanité, il l'a sacrifiée au devoir et à la patrie !

(Extrait de la Gazette médicale de Strasbourg, 1871, n°s 6 et 7.)